AF324543

ÉTRENNES

D·J·J·R·A·F·M·A·D·V·

ÉTRENNES

D· J· J· R· A· F· M· A· D· V·

ODE PHILOSOPHIQUE.

UNE lumière inaccessible
A nos foibles regards te cache pour jamais,
O DIEU; mais tu te rends sensible
A des cœurs attentifs, par tes nombreux bienfaits.

[4]

C'est vainement que l'Imposture
Se vante qu'en secret tu lui dictes tes Loix;
Le Souverain de la Nature
Doit, dans le monde entier, faire entendre sa voix.

Aime, crains un Dieu redoutable
Qui de tout l'univers est le Père & le Roi.
Chéris, soulage ton semblable :
Tu l'exiges de lui; qu'il l'obtienne de toi.

Dans le climat le plus sauvage,
Sous la zone brulante & le pôle glacé,
Par tout on entend ce langage;
Une immortelle main dans nos cœurs l'a tracé.

[5]

Cette Loi simple & salutaire
Rendroit tous les humains sages & généreux.
L'Erreur fait les maux de la terre ;
La seule Vérité pourroit nous rendre heureux.

Hélas ! si d'une courte vie
La Superstition empoisonne le cours ;
Les dogmes pervers de l'Impie
A des maux plus affreux livrent nos tristes jours.

Si de tout le Hasard décide ;
Ou si des vils mortels Dieu dédaigne les cris ;
Le fils soumis ou parricide,
L'ami traître ou fidéle, auront le même prix !

MONSTRES, qui, sous le nom de Sages,
A l'aveugle Jeunesse inspirez ces horreurs;
Que trouve-t-on dans vos ouvrages,
Qu'on puisse préférer à d'utiles erreurs?

Que dans votre propre science,
Heureusement vaincus par vos chers Nourrissons,
Ils puissent, par reconnoissance,
Pratiquer pour vous seuls vos sublimes leçons !

D'une semence empoisonnée
Paris, avec effroi, voit éclore le fruit :
Leur main, contre eux-mêmes tournée,
Plonge cent forcenés dans l'éternelle nuit *.

Le plus insensé fanatisme
N'outrage au moins le Ciel qu'en croyant l'honorer ;
Qu'à propos on tourne le prisme ,
Il maudit le faux jour qui l'alloit égarer.

Il sçait qu'au bout de la carrière ,
Au pied du tribunal d'un Juge rigoureux ,
Une pure & vive lumière
Percera de nos cœurs les replis ténébreux.

Tout Mortel connoît la Justice ;
Libre, il dépend de lui d'obéir à sa voix.
Sa récompense ou son supplice
Sera le juste prix & l'effet de son choix.

[8]

PAR ce flambeau l'ame guidée ,
Après sa chûte encor, triomphe avec éclat :
Mais quiconque en bannit l'idée ,
Doit, s'il sçait raisonner, n'être qu'un scélérat.

L'HONNEUR suffit pour nous conduire...
L'Honneur ! nom fastueux ; mais sans autorité !
Fourbe , craindras-tu de me nuire ,
Assuré du secret & de l'impunité ?

C'EST des suffrages unanimes
Que se forme l'Honneur, fantôme si vanté.
Un Monstre qui cache ses crimes ,
De l'univers séduit se verra respecté.

[9]

Ouı, d'un Dieu l'œil inévitable
Peut seul, dans le malheur, soutenir la Vertu ;
Et sans ce témoin secourable,
Le plus ferme courage est bientôt abattu.

Pèʀe indulgent, Juge sévère,
Dieu, daigne m'éclairer, daigne me soutenir.
La Vertu n'est qu'une chimère,
Si, pour nous, le présent étoit sans avenir.

---

* Dans cette semaine même six personnes connues ont péri malheureusement par le suicide. 31 *Décembre* 1769.

F I N.

*S*IN autem *DEUS nec potest nos juvare , nec vult ;*
nec omnino curat ; nec , quid agamus , animadvertit...
haud scio an , pietate adversus eum sublatâ , fides
etiam , & societas humani generis , & una excellen-
tissima virtus , justitia non tollatur.

Cic. de Nat. Deor. L. 1. Parag. 2.